Eduard Lucas

Die Beschädigung unserer Obstbäume durch Schneedruck, die nothwendigen Hülfsmittel und die möglichen Vorbeugungsmittel

Antigonos

Eduard Lucas

Die Beschädigung unserer Obstbäume durch Schneedruck, die nothwendigen Hülfsmittel und die möglichen Vorbeugungsmittel

Unveränderter Nachdruck der Originalausgabe von 1868.

1. Auflage 2024 | ISBN: 978-3-38614-976-1

Antigonos Verlag ist ein Imprint der Outlook Verlagsgesellschaft mbH.

Verlag: Outlook Verlag GmbH, Zeilweg 44, 60439 Frankfurt, Deutschland, info@outlook-verlag.de
Vertretungsberechtigt: E. Roepke, Zeilweg 44, 60439 Frankfurt, Deutschland
Druck: Libri Plureos GmbH, Friedensallee 273, 22763 Hamburg, Deutschland

Die
Beschädigung unserer Obstbäume
durch Schneedruck,

die nothwendigen Hülfsmittel
und
die möglichen Vorbeugungsmittel.

—

Vortrag,

gehalten im Gewerbe-Verein in Reutlingen am 17. November 1868
von
Dr. Ed. Lucas.

—

Mit einer Tafel Abbildungen.

———

Ravensburg.

Verlag von Eugen Ulmer.

1868.

Die
Beschädigung unserer Obstbäume
durch Schneedruck,

die nothwendigen Hülfsmittel

und

die möglichen Vorbeugungsmittel.

Vortrag

gehalten im Gewerbe-Verein in Reutlingen

am 18. November 1868.

von

Dr. Ed. Lucas.

Mit 1 Tafel Abbildungen.

Ravensburg.
Verlag von E. Ulmer.
1868.

Die

Beschädigung unserer Obstbäume durch Schneedruck,

die nothwendigen Hülfsmittel

und die

möglichen Vorbeugungsmittel.

Meine Herrn! Mit Vergnügen ergreife ich die Gelegenheit, mit Ihnen über unsere starkbeschädigten Obstbäume zu reden und Ihnen das, was nach dem Stande unsrer Beobachtungen und Erfahrungen zu thun ist, sowohl um den Schaden weniger fühlbar und für die Folge Nachtheile bringend zu machen, als auch um ähnlichen Vorkommnissen möglichst vorzubeugen, zu empfehlen. Betrachten wir zuerst

I. den gegenwärtigen Zustand der Obstbäume.

Wir sehen fast überall in Württemberg Massen von Obstbäumen angepflanzt, allein nur die kleinste Zahl derselben erfreut sich einer rationellen Pflege und Behandlung.

Gerade in der oft zu großen Zahl der Bäume, die wir haben, liegt der Grund, daß dieselben nur wenig und gewöhnlich nur mangelhaft gepflegt werden. Namentlich fehlt gar zu häufig das sachgemäße Ausputzen der Baumkronen, der nöthige Schutz für weitabstehende, unrichtig gezogene starke Aeste, und besonders die Anwendung practischer und genügender Schutz- und Bedeckungsmittel für die den Bäumen durch Absterben oder Abastung verursachten und unvermeidlichen Wunden.

1*

Wollte ich auch davon reden, welche Fehler bei dem Pflanzen, der Wahl der zu pflanzenden Bäume, bei deren Pflege in den ersten Jahren vorkommen, so müßte ich weit ausholen und würde der Rahmen eines Vortrags weitaus nicht hinreichen; es bestehen heute noch die Fehler, welche ich 1853 in meiner kleinen Schrift „Ueber die Mängel und Hindernisse unserer Obstcultur und über die Mittel zu deren Abhülfe zc. rügte; sie werden auch viele Jahre noch fort bestehen, wie denn überhaupt bei fast allen Culturen im Großen es mit einem wahren Fortschritt bei uns wie über= all nur sehr langsam geht.

Wenn wir, wie es jüngst in Braunschweig eingeführt wurde, es dahin bringen könnten, daß die K. Wegbauin= spektoren auch tüchtige Kenntnisse in der Baumzucht haben müßten, daß sie unter ihren Straßenwärtern, tüchtige Baum= wärter in ihrer Controlle und Beaufsichtigung hätten, welche in besonderen Instituten herangebildet werden (wie jetzt für die Wegbau=Inspection Einbeck ein solches Institut unter Leitung des Wegbauinspectors Parisius besteht *), so würden wenigstens in der Pflege der Bäume an den Staatsstraßen und deren Schutz bedeutende Fortschritte möglich werden. Ich verkenne nicht, daß in Württemberg ganz andere Verhältnisse obwalten als in Braunschweig, wo die Bäume an den Staatsstraßen Staatseigenthum sind, allein es drängte mich anzudeuten, welche Anstrengungen jetzt auch in Norddeutschland gemacht werden, die Obstcultur zu fördern und zu heben. Wer diese sorgfältig gepflegten Bäume bei Göttingen, Einbeck **), Wolfenbüttel gesehen, wer ferner die prächtigen Früchte von diesen Straßen= bäumen in Ausstellungen und an den Bäumen sah, muß sa= gen, daß hier in kurzer Zeit ganz Außerordentliches geleistet worden ist; ein Beweis, was ernster Wille vermag!

Wir wollen nun zur Sache kommen.

So traurig es immerhin auch ist, daß eine so große Anzahl

---

*) Vergl. Pomol. Zeitschrift für Hannover 1868, pag. 82.
**) Es stehen dort an den Straßen des Wegbaubezirks Einbeck über 30,000 Obstbäume, von denen die Hälfte schon im Ertrag sind und werden jährlich 800—1000 Stück neu angepflanzt.

unserer älteren wie jüngeren, vielfach noch kräftigen, Obstbäume durch den Schneedruck am 7.—8. November geborsten, durch Astbrüche verunstaltet, ja ganz zerrissen und theils umgelegt worden, so müssen wir doch nicht vergessen, aus diesen Calamitäten für die Zukunft gute Lehren zu ziehen.

Betrachten wir einmal unsere stark verletzten Bäume näher.

Wir sehen die meisten Beschädigungen bei Apfel- und Zwetschgenbäumen. Erstere waren theilweise noch beblättert und boten dem Schnee daher weit mehr Fläche dar, letztere haben ein ohnehin brüchigeres Holz; der Birnbaum mit seinem dauerhafteren und festerem Holz hat weit weniger gelitten. In den höheren Gegenden des Landes ist der Schaden, trotz des reichlichen Schneefalles geringer, weil der Schnee lockerer war und leichter abfiel, während der hier gefallene Schnee naß und ungemein schwer war, sich dazu fest an Blätter und Zweige anhing, und daher weit nachtheiliger wirken mußte.

Untersuchen wir aber die Aeste, welche gebrochen sind, näher, so finden wir mindestens drei Viertheile derselben — schwächere, kleine Aestchen natürlich ausgenommen — im Kernholz krank, ja die Bäume theils ganz kernfaul in Ast und Stamm. Forschen wir nach, woher diese Krankheit des Holzes, welches ihm seine Festigkeit und Widerstandsfähigkeit gegen Druck und heftige Bewegung beraubt, entstanden, so finden wir fast regelmäßig und deutlich nachweisbar, daß diese Krankheit von unbedeckt gebliebenen und der Vermoderung des Innenholzes preisgegebenen größeren oder selbst auch kleineren Astwunden herrührt. Besonders finden wir auch, daß da, wo Aststumpen beim Ausputzen stehen gelassen wurden, und die Wunde nicht glatt geschnitten wurde, die Fäulniß des Kernholzes noch schneller eintrat und intensiver wurde. (Vgl. Fig. 1 u. 3.)

Der Ueberzeugung sollte sich kein vernünftiger Baumzüchter verschließen, daß die Astbrüche an unsern Obstbäumen — sei es durch Sturm, sei es durch die Last der Früchte, sei es durch Schneedruck, großentheils verhütet werden können, wenn wir die Bäume in jeder Hinsicht gesund und kräftig zu erhalten suchen. Wir erhalten durch die dieses bewirkende rationelle Baumpflege aber nicht blos widerstands= fähigere Aeste, sondern gesundere und tragbarere Bäume über= haupt.

Die gewöhnliche Behandlung ist freilich nicht so, daß diese höchst wünschenswerthe gesunde Beschaffenheit der Bäume erzielt werden kann, namentlich ist die fast allgemeine Vernachläßi= gung der Baumwunden eine Sache, die die ernsteste Wür= digung verdient, namentlich im Hinblick auf die jüngste Calamität.

Fragen wir nun, meine Herren!

II. wie kann eine Baumwunde vollständig gegen das Holz zerstörende Witterungseinflüsse geschützt werden?

so versteht es sich, daß wir zuerst constatiren, daß eine Kopf= oder Holzwunde, bei welcher ein Holzquerschnitt alle Gefäße des Astes verletzt, sofern die Wunde über 2 Zoll im Durch= messer hat, selten innerhalb eines Jahres vernarbt, da ja die Vernarbung nur durch die Wundränder geschehen kann und diese sich nicht so schnell entwickeln. Inzwischen wird, wenn die Nässe und andere Einflüsse, namentlich die Luft nicht von dem entblösten Holz abgehalten wird, dasselbe faul und morsch werden, wie dies dieser hier vorgezeigte Durchschnitt zeigt (Fig. 5.) und diese Fäule des Holzes theilt sich den Holzgefäßen des Stammes sowohl nach unten, wie auch nach oben hin mit; die Folge sind Astbrüche.

Hier muß also geholfen werden; wir wollen die ver= schiedenen Mittel zur Ueberdeckung der Baumwunden kurz be= trachten. Da ist das vielfach und erst jüngst wieder empfohlene Baumharz und Baumwachs. So werthvoll es, besonders das kaltflüssige, für frische Rindenwunden oder Wunden von jungem Holze ist, auch für Wunden von Abnagen durch Hasen, so nutzlos ist es bei größeren und älteren Wun= den. Es bedeckt das Holz nur kurze Zeit dicht, dann springt es ab, oder wird von dem sich ausdehnenden Holze abgestoßen und nach einem Jahr findet sich nur wenig mehr davon. Allein abgesehen von der entschiedenen Werthlosigkeit des Baum=

wachsanstriches bei größeren Holzwunden, ist ja dieser **viel
zu theuer**; 1 Pfd. Baumwachs kostet mindestens 18—24 kr.,
besseres 36 kr. bis 1 fl.; da würde oft für einige Gulden
Baumwachs auf **einen** Baum zu verwenden sein; Niemand
wird Lust haben, diesen Aufwand zu machen und Niemand
kann auch erwarten, daß unsere Obstbauer solchen Rath befolgen.

Der sog. Baummörtel (Lehm, Dung, Asche und Kälber-
haare, wozu auch mitunter etwas Terpentin genommen wird)
ist freilich billiger, allein er wird gewöhnlich noch früher als
das Baumharz abgestoßen; er ist bei Rindenwunden, wo die
Vernarbung gewöhnlich auf der ganzen Wundfläche erfolgt,
vortrefflich, für Holzwunden aber nicht haltbar genug und
schützt daher durchaus nicht genügend.

Manche wenden Cement an; auch dieser springt nach
kürzerer oder längerer Zeit, jedenfalls innerhalb eines Halb-
jahrs ab, er ist gut und practisch zum Ausfüllen stärkerer hohler
Wunden, zum Bestreichen der Astwunden nützt er nichts. Wir
haben nun nur noch **zwei** Mittel zu betrachten, welche, da
sie etwa eine Linie tief in das entblöste Holz selbst
eindringen, dasselbe zur Rinde und zum Schutz des
darunter liegenden Holzes machen; es ist **alte dicke
Oelfarbe** (Reste derselben) und der **dickflüssige Steinkohlentheer**, wie ihn die Gasfabriken zu äußerst billigem
Preise liefern.

Um nicht dasselbe, was ich über den Theer so oft schon
gesagt, zu wiederholen, erlaube ich mir hier § 98, 99, 100,
101 und 102 meiner Schrift „der Obstbau auf dem Lande",
von welcher 1868 die 4te Auflage erschien, hierher zu setzen,
und empfehle allen denen, welche eine kurze und faßliche Be-
lehrung über die Baumpflege wünschen, diese kleine Schrift.

„Für Seitenwunden, bei denen nur Bast und Splint
verletzt ist, dient der Baummörtel; (diese Wunden kommen
übrigens nur selten bei dem Ausputzen, sondern mehr durch
Anstoßen, Hasenfraß vor). Dieser Mörtel wird dünn aufgestrichen, und wenn er nicht selbst festhalten sollte, mit Lappen
umschlagen und umbunden.

Die Hauptsache ist, daß dieser Mörtel sobald als

möglich auf das blos gelegte Holz feucht aufgebracht wird; es bildet sich dann durch aus dem jüngsten Holz erzeugter Narbensubstanz eine neue Rindenlage auf der ganzen Wundstelle. Wunden von 2′ Länge und $\frac{1}{2}$′ Breite sind durch Bedecken mit Baummörtel wieder völlig überwallt und selbst im Winter den Bäumen zugefügte Seitenwunden (z. B. durch Hasenfraß) überwallten, wenn der Mörtel angewendet wurde, ehe die Wunde betrocknete, also möglichst bald nach der Verwundung aufgetragen wurde, vollständig.

Kopfwunden nennt man diejenigen Wundflächen, bei denen nicht nur Bast und Splint, sondern auch Holz und Mark durchschnitten ist, die wagerecht oder schief den ganzen Ast durchschneiden. Sie können seitlich sein, am Hauptstamm oder an Hauptästen hervorgewachsene Zweige entfernend, oder auch am Gipfel, an der Spitze der Aeste. Erstere heilen schneller und besser, da niedersteigender Saft an den oberen Theilen solcher Aeste, also oberhalb der Wunde, gebildet wird, der leicht die Wunde überwallen kann. Letztere, die eigentlichen Gipfelwunden, sind immer die gefährlichsten, und es ist bei dem Zurückschneiden von Aesten sehr darauf Rücksicht zu nehmen, daß sich möglichst unmittelbar neben diesen Wunden noch lebende Triebe befinden. Zum Glück sorgt hier oft die Natur, durch Anstreiben von Wasserschossen neben solchen Wunden, die dann Säfte herbeiziehen, verwandeln und die Ueberkleidung der Wunde vermitteln.

Da solche Wundflächen, wenn sie einige Zoll im Durchmesser halten, nur allmälig wieder überwallt werden, so stirbt immer etwas von dem bloßgelegten Holz ab. Tritt Luft und Feuchtigkeit dazu, so entsteht bald Holzfäule, die sich von den Aesten dem Stamm mittheilt. (Fig. 5.) Solche holzfaule Aeste brechen später leicht ab und es pflanzt sich diese Krankheit nach oben wie unten in den Holzkörper des Baumes fort. Dieß findet namentlich bei Apfelbäumen, dagegen seltener und weniger stark bei den Birnen statt. Auch Kirsch- und Zwetschgenbäume erhalten leicht faules Holz, wenn die Wunden unbedeckt bleiben. Harz und Baumwachs ist zu kostspielig, und alle die andern gewöhnlichen Deckmittel halten die Luft und

Feuchtigkeit nicht genügend ab, und sind gewöhnlich auch nicht leicht auf die Wunden zu bringen.

Hier leistet der Steinkohlentheer vortreffliche Dienste. Man vermengt ihn, sofern er nicht ohnehin sehr dickflüssig ist, mit Torfasche, feiner Lehmerde oder Ofenruß zu einem dick= flüssigen, feinen Brei und trägt ihn kalt mittelst eines steifen Pinsels auf die Wunden auf. Das im Theer enthaltene Kreosot bringt eine Linie tief in das Holz ein, tödtet es schnell und plötzlich und hält zugleich die Fäulniß ab; das darunter liegende Holz bleibt gesund, die betheerte Fläche der Wunde ersetzt daher gleichsam die fehlende Rinde, indem dieser Anstrich von dem darunter liegenden gesund bleibenden Holz Luft und Feuchtigkeit vollständig abhält. Dieser Ueberzug wird öfters, wenigstens alle 3—4 Jahr, so lange die Wunden nicht überwachsen sind, erneut. Die spä= tere Ueberwallung schließt dann das schnell getödtete und ganz unschädlich gewordene Holz ein (Figur 6.), während bei nicht oder schlecht verstrichenen ungeschützten Wunden bei ihrer spä= teren Ueberwallung faules Holz mit eingeschlossen wird. (Fig. 4.)

Mitunter hat es sich als sehr zweckmäßig gezeigt, nament= lich wenn im Frühjahr ausgeputzt wurde, die Wunde 4—6 Tage erst betrocknen zu lassen, und dann erst den Theer auf= zustreichen.

Ist das Holz einer Wunde durch die Holz= oder Kernfäule angegriffen, so werden die Wundränder in sehr vielen Fällen ebenfalls krank und bekommen krebsartige Wucherungen, aus welchen sich bald der Krebs ausbildet zum großen Nachtheil des Baums. Betheerte Wunden überheilen schnell und vollkommen, und nie zeigten sich bei einem sonst gesunden Baume an den Wundrändern krankhafte Bildungen in Folge des Theeres.

Wie der Theer, wirkt auch in ganz ähnlicher Weise die dicke Oelfarbe, die man bei Kaufleuten, welche Farben führen, nicht selten sehr billig erhalten kann. Die Anwendung ist die gleiche, der Erfolg ein ähnlicher und ich möchte zwischen beiden Materialien nur den Unterschied machen, daß man Theer immer und sehr billig erhalten kann, während dies bei der

Oelfarbe nicht der Fall ist. Beide werden kalt und mittelst eines an einer langen Stange befindlichen alten Gipserpinsels auf die Wunden aufgestrichen."

Die allgemeinen Grundsätze über die Abnahme der Aeste beim Ausputzen, über die richtige Zeit des Ausputzens, Vermeidung der Periode, in welcher gerade der größte Saft das Holz durchdringt, also das Frühjahr, als bekannt voraussetzend, gehe ich nun darauf über:

III. Was ist mit den beschädigten und umgeworfenen Bäumen jetzt zu thun?

Wenn auch in öffentlichen Blättern gesagt wurde, daß halbgebrochene oder halbabgedrehte Aeste wieder anwachsen können, so ist dieß in der jetzigen Zeit, wo die vegetative Thätigkeit ruht, unmöglich und auch, wie es die Erfahrung oft genug gelehrt hat, überhaupt unrichtig. Wir können nichts weiter thun, als alle gebrochene Aeste regelmäßig abschneiden, die Wunden glätten und mit Theer bestreichen. Ob dadurch auch da und dort die Form des Baumes verdorben wird, ändert an der Sache nichts. Allein sind gebrochene Aeste sonst entbehrlich, dann nehme man sie ganz, oder am Entstehungspunkte (am Stamm oder an stärkern Aesten) weg, schneide die Wunde glatt und verstreiche sie ebenfalls mit Theer.

Sind Aeste aus dem Stamm oder andern Aesten ausgerissen, (ausgeschlitzt) ist dadurch der Stamm auch ins Holz hinein beschädigt, so wird das zersplitterte Holz zuerst mit einem Meisel oder Hohleisen glatt ausgeschnitten, dann die Wunde mit Theer bestrichen und hierauf mit einem Mörtel die Höhlung ausgefüllt von Theer und Lehm oder Theer und Torfasche. Diese Materialien zu dem Mörtel müssen tüchtig durchgearbeitet werden und geben dann eine äußerst zähe plastische Masse, welche auf dem Theeranstrich fest haftet und die in den Stamm eingerissene Höhlung fest auskleidet.

Dieser Theermörtel dient auch vortrefflich zum Ausfüllen sonstiger Höhlungen in den Stämmen der Bäume; er kann jederzeit an Ort und Stelle auf den Baumgütern leicht bereitet werden. Werden diese Höhlungen, die sich bei aus

gerissenen Aesten ergeben, nicht ausgestrichen, so bleiben nach-
theilige Vertiefungen, in welche sich Schnee und Regen einsetzt,
wodurch dann früher oder später trotz der Theerbestreichung
die Holzfäule erzeugt werden kann.“

Wir finden nun gar viele Aeste, die nur halb abgedreht
sind und noch theilweise oder auch ganz mit dem Ast zusam-
menhängen. Ein Verheilen solcher Aeste gelingt äußerst
selten. Im hiesigen Institutsgarten wurde ein Ast einer
Pyramide in ähnlicher Weise, wie wir jetzt viele Aeste finden,
aus dem Stamm halb ausgerissen und hing nur unten noch
fest damit zusammen. Er wurde, um die Form des Baumes
zu erhalten, aufs sorgfältigste wieder angebunden, fest in den
Stamm eingefügt, und die ganze Wunde darnach mit Baumwachs verstrichen. Dieser Ast lebte noch 3 Jahre, trug im
2. Jahre von allen Aesten des Baumes allein und eine Menge
von Früchten, starb aber im 3. Jahre langsam ab und es
zeigte sich bei dem Wegnehmen, daß sich zwar die abgerissene
Rinde wieder etwas angeschlossen hatte, allein das Innenholz
braun geworden war. Gelang diese Operation nicht im Frühjahr bei einer Pyramide, um wie viel weniger wird sie jetzt im
Winter bei Hochstämmen gelingen und unser Rath ist daher,
solche halbabgerissene oder halbabgedrehte Aeste ohne Weiteres
abzuschneiden und die Wunden sorgfältig, nachdem sie einige
Tage abgetrocknet, mit dickflüssigem kaltem Steinkohlentheer zu
bestreichen.

Recht deutlich sieht man auch, daß einzelne Apfelsorten,
die theils noch stärker belaubt sind, theils einen zu dichten und
verworrenen Astbau haben, weit mehr beschädigt sind, als
Bäume mit kräftigen pyramidalen Kronen und nicht zu dicht
gestellten Aesten. Es ist dies ganz natürlich. Sorten wie
der rothe Baschesapfel (Schmiedbastle) und der Bronnapfel,
die ohnehin einen dichten Astbau haben, mußten mit ihren Aesten
und Zweigen, sofern sie nicht gelichtet wurden, den Schnee in
Massen aufhalten und hier wirkte er dann doppelt nachtheilig.

Daß die Behauptung richtig ist, die Ursache stärkerer
Beschädigungen liege in dem dichten Gewirre von Aesten und
Zweigen, und daß dieses der Grund ist, warum an solchen Obst-

bäumen mit verworrenem und flachem Aftbau, die noch dazu nicht ausgeputzt sind, oder deren Aeste durch falsche Erziehung des Baumes und mangelhafte Bildung der Krone in der Jugend, eine fehlerhafte sich kreuzende Aftstellung erhielten, so viele beschädigt sind, ergibt sich einfach daraus, daß in den hiesigen städtischen, sehr gut gehaltenen Obstanlagen, z. B. auf der Altenburg, ferner auf dem benachbarten Hammetweiler Hof, der Schaden durch den Schneedruck äußerst gering war, ja es ift auf dem Baumgut des Pomologischen Inftituts (im Hundschlee), nur ein einziger Aft abgebrochen und zwar auch ausgerissen, doch ohne den Baum zu verunstalten, während auf den gegenüber liegenden, gleichzeitig angelegten Theilen des Hundschlee Baumguts doch immerhin 8 bis 10 Aefte abgebrochen waren. Ueberall zeigt es sich, daß bei sorgfältigem Ausputzen und gehörigem Auslichten der Krone, wodurch selbftverständlich der ganze Baum an Kraft und Wachsthumsfülle gewinnt, der Schaden durch Schneedruck äußerst gering ift. Möge die hieraus folgende Lehre nicht umsonft uns jetzt gegeben sein!

Daß einzelne, zum Theil schlecht bewurzelte, auch wohl wurzelkranke Bäume ganz umgelegt sind, kommt hier und da vor. Hier ift vorläufig nichts weiter zu thun, als den Baum durch vorsichtiges Aufwinden und Unterstellen kräftiger Stützen, dahin zu bringen, daß er vorläufig feft ruht und danach bedeckt man die aufgerissene Parthie des Wurzelballens mit Erde. Ift der Schnee fort oder geftattet es die Witterung, so werden solche Bäume durch völliges Aufwinden wieder in die senkrechte Lage gebracht, sie erhalten 3 Stützen als drei Gegenstrebepfeiler, die sie halten, gute Erde wird sorgfältig zugefüllt und angedrückt und der ganze Ballen ³⁄₄ Fuß hoch mit Erde überdeckt, so daß der Froft möglichft abgehalten wird. Bei Zufüllen von gutem Boden, Anwendung eines kräftigen Abftutzens der Aefte bis etwa auf die Hälfte ihrer Länge, können solche Bäume sich sehr gut wieder erholen und wachsen dann auch kräftig fort. Diese Stützen müssen übrigens drei Jahre lang stehen bleiben.

Es wird übrigens da und dort Einzelnes, was ich hier

nicht anführte, noch zu geschehen sein, allein die Hauptsachen denke ich, habe ich nicht vergessen.

Schließlich, meine Herren! noch ein Urtheil über den Theer als Wundsalbe von einem Manne, der sich schon viele Jahre früher desselben bediente, ehe mir und uns Allen die Vorzüge dieses vortrefflichen Materials zur Bedeckung der Baumwunden bekannt wurden, namentlich führe ich dieses Urtheil auch deßhalb an, weil noch manche Vorurtheile gegen den Theer als Wundsalbe bei uns obwalten.

Der ausgezeichnete Chemiker Dr. Wiegmann in Braunschweig schrieb in seinem bald vor 30 Jahren (1839) erschienenen, aber noch heute sehr lesenswerthen Buch über die Pflanzenkrankheiten, folgendes über den Theer: „Seit länger als 36 Jahren bediene ich mich mit dem besten Erfolge eines Kitts von Theer und feinem Kohlenpulver bereitet, den ich als Salbe auf die Wunden streiche, und später mit trockener Erde, damit die Mischung in der Wärme nicht klebe, und die Wunde nicht ins Auge falle, bewerfen lasse. Daß dieser Kitt nicht allein als sichere Decke, sondern auch wegen seiner fäulnißwidrigen Kraft als Heilmittel dienen müsse, wird, besonders seit der Entdeckung des Creosots im Theere, und dessen Wirkung gegen Fäulniß, jedem mit der Chemie Vertrauten einleuchten, weßhalb ich ihn zur Bedeckung aller Wunden an Bäumen unbedingt empfehlen kann.“

Laemmerhirt, ein sehr tüchtiger Pomolog aus Thüringen, schrieb vor 20 Jahren (1848) an die in Heilbronn damals versammelten Pomologen (in dem Heilbr. Bericht): „Seit Jahren schon wende ich Steinkohlen-Theer zur Heilung von Wunden von allen Gattungen von Obstbäumen mit dem besten Erfolge an.“

Zum Absägen der Aeste in der Höhe ist, was ich nun noch anknüpfen will, ist eine neue Baumsäge, die Ahlers'sche Flügelsäge sehr zu empfehlen, welche an eine lange Stange befestigt, gestattet, ziehend wie stoßend, selbst in Höhen von 20 bis 30 Fuß, auf dem Boden stehend, die Aeste abzunehmen. Dann füge ich bei, daß in Rottenburg a./N. eiserne Baumklammern zum Aufrechthalten von Aesten, bei denen ein Lostrennen ober ein Schaden durch Aſtbruch zu befürchten iſt und welche ſehr practiſch ſind, gefertigt und durch den dortigen ſtädtiſchen Baumgärtner Schiebel um billigen Preis zu erhalten ſind.

Meine Anſicht iſt nun kurz die, alle gebrochenen Aeſte müſſen ſorgfältig weggeſchnitten werden und alle Wunden, namentlich auch die ältern, mit dick= flüſſigem Theer gut verſtrichen werden. Bei ſolchen Bäumen, welche in ihren Wurzeln geſtört ſind und welche es ſonſt noch benöthigen, muß bald möglichſt ein tüchtiges Ab= werfen der Aeſte und Verjüngen vorgenommen und durch ſorgfältiges Ausputzen der Baumkronen für Stärkung des Wachsthums, größere Widerſtandsfähigkeit, er= höhte Lebensdauer und reiche und regelmäßige Er= träge Sorge getragen werden. Letzteres gilt für die aller= meiſten unſerer Obſtbäume.

Erklärung der Abbildungen.

Fig. 1. Ein Aststumpen, der bei dem Ausputzen stehen gelassen wurde, wie es sehr häufig geschieht; das Holz desselben ist vermodert, es hat sich Nässe hineingezogen und die Folge ist Kernfäule des Stammes.

Fig. 2. Eine Baumschiene oder Baumklammer von Holz, um Aeste, welche holzkrank sind und ihre Widerstandsfähigkeit verloren haben, wo also ein Astbruch zu fürchten ist, zu unter= stützen. Man hat auch eiserne Baumklammern, welche die Aeste sehr fest halten, aber vorsichtig angelegt werden müssen, indem sonst leicht Reibungen und äußere Verletzungen erfolgen.

Fig. 3. Kernfäule im Innern des Stammes, als Folge eines abgestorbenen Aststumpens. Dieselbe greift nach unten wie oben um sich und wird dem Baume äußerst nachtheilig.

Fig. 4. Folgen einer unbedeckt gebliebenen Wunde eines Apfelbaumes. Das Holz ist morsch und faul geworden und hat diese Vernachlässigung die Kernfäule zur Folge gehabt.

Fig. 5. Durchschnitt einer ebenfalls nicht verstrichenen Baumwunde, die beim Wegschneiden eines Seitenastes eines Apfelbaums demselben zugefügt wurde, drei Jahre nachdem die Verwundung geschah. Das Kernholz ist mürbe und morsch geworden und hat sich die Vermoderung desselben nach unten, wie in der Fortsetzung des Hauptastes nach oben hin verderb= lich gezeigt und ist so die Kernfäule des ganzen Astes entstanden. Die Wundränderbildung ist vielfach gestört und unterbrochen.

Fig. 6. Durchschnitt einer mit Steinkohlentheer sorg= fältig verstrichenen Wunde eines Apfelbaums, drei Jahre nach=

dem der Aft weggenommen wurde. Die getheerte Fläche a
ist eisenhart geworden; die Zeichnung zeigt, wie tief der Theer
in das Holz eingedrungen c. Das darunter befindliche Holz
d ist ganz gesund und fest geblieben. Die Wundränder b.b.
haben die getheerte Schnittfläche schon regelmäßig zu überwallen
angefangen und sie bereits ringsherum um 2—3 Linien überdeckt.

Buchdruckerei von Carl Rupp in Reutlingen.

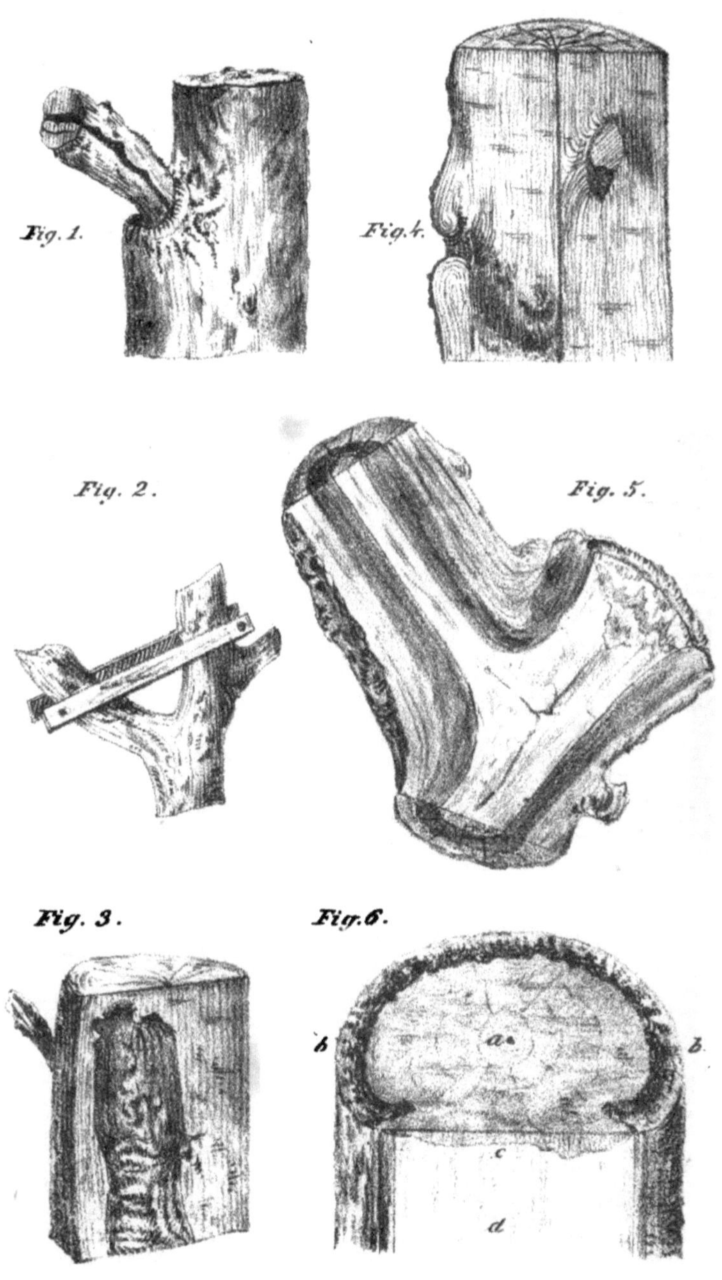

Fig. 1.
Fig. 2.
Fig. 3.
Fig. 4.
Fig. 5.
Fig. 6.
h
a
b
c
d

Verlag von Eugen Ulmer in Ravensburg.

Fries, Martin, Praktische Anleitung zum Zucker-
rübenbau, mit 2 Abbildungen. 1868. (VIII.) 120 S.
eleg. broch. 45 kr. oder 13 Ngr.

Korn, F. C., Ueber das Veredeln des Weinstocks.
Abbruck aus den „Illustrirten Monatsheften für Obst-
und Weinbau". gr. 8. geh. Preis 3 kr. oder 1 Ngr.

Lucas, Dr. Ed., Die Lehre vom Baumschnitt. Für
die deutschen Gärten bearbeitet. Mit 6 lith. Tafeln und
91 Holzschnitten. gr. 8. fl. 2. 12 kr. oder Thlr. 1. 10 Ngr.

— — **Leitfaden zum Bestimmen der Obstsorten.**
Für die Besitzer des „Illustrirten Handbuchs der Obstkunde", sowie für jeden Pomologen. 36 kr. oder 12 Ngr.

— — **Pomologische Tafeln zum Bestimmen der**
Obstsorten. Systematische Zusammenstellung der Abbil-
bungen des Illustr. Handbuchs der Obstkunde. Nebst
kurzem erläuterndem Text. 1. Band: Aepfel. Taf. 1.—XV.
3 fl. 36 kr. ob. Thlr. 2. 8 Ngr. Color. fl. 12. ob. Thlr. 7. 8 Ngr.
2. Band: Birnen. Taf. I.—XXII. 5 fl. 24 kr. ob. 3 Thlr.
3. Band: Kirschen und Pflaumen. Taf. I. — VIII.
2 fl. 12 kr. oder Thlr. 1. 10 Ngr. Colorirte Exemplare
von Band II. und III. werden in Bälde hergestellt.

— — **Kurze Anleitung zum Obstdörren und zur**
Gesälzbereitung. Im Auftrag der K. württ. Centralstelle
für die Landwirthschaft. Mit einer Tafel. 15 kr. ob. 5 Ngr.

— — **Kurze Anleitung zur Obstkultur. Als Leit-**
faden bei Vorträgen über Obstbau, wie auch zum Selbst-
unterricht. Mit 4 Tafeln Abbildungen. 54 kr. oder 16 Ngr.

— — **Beschreibung einer neuen Gemeindeobst-**
börre. Mit einer Lithographie. 9 kr. oder 3 Ngr.

— — **Vorschläge zur Anpflanzung der Eisenbahn-**
dämme und Umfriedigung der Bahnlinien mit Obstbäumen
und nutzbringenden Gehölzarten. Mit 1 Tafel Abbil-
bungen. gr. 8. geh. 12 kr. oder 4 Ngr.

Martens, Dr. G. von, Die Gartenbohnen. Ihre
Verbreitung, Cultur und Benützung. Zweite mit Zusätzen
und einer weiteren in Farbendruck ausgeführten Tafel
(jetzt 13) vermehrte Ausgabe. fl. 3. 30 kr. oder Thlr. 2.

Maurer, H., Das Beerenobst. Systematische
Beschreibung der werthvollsten Stachelbeer-, Johannisbeer-,
Himbeer- und Brombeersorten. Mit 12 Tafeln Abbil-
bungen. Separatabbruck aus dem Handbuch der Obstkunde. gr. 8. fl. 1. 36 kr. oder 28 Ngr.